KB120826

무릎에 무릎을 맞대고 Kiss

시작시인선 0433 무릎에 무릎을 맞대고 Kiss

1판 1쇄 펴낸날 2022년 9월 1일
지은이 임현정
펴낸이 이재무
기획위원 김춘식, 유성호, 이형권, 임지연, 홍용희
책임편집 박찬세
편집디자인 민성돈
펴낸곳 (주)천년의시작
등록번호 제301-2012-033호
등록일자 2006년 1월 10일
주소 (03132) 서울시 종로구 삼일대로32길 36 운현신화타워 502호
전화 02-723-8668
팩스 02-723-8630
블로그 blog.naver.com/poemsijak
이메일 poemsijak@hanmail.net

ⓒ임현정, 2022, printed in Seoul, Korea

ISBN 978-89-6021-651-8 04810
      978-89-6021-069-1 04810(세트)

값 10,000원

＊이 책 내용의 전부 또는 일부를 재사용하려면 반드시 저작권자와 (주)천년의시작 양측
 의 동의를 받아야 합니다.
＊잘못된 책은 바꾸어 드립니다.
＊지은이와 협의하에 인지는 생략합니다.

무릎에 무릎을 맞대고 Kiss

임현정

천년의시작

시인의 말

해진 베갯잇에서 발굴되는 유적지가 있대

젖은 머리를 기대 오는 속수무책의 밤
유치처럼 돋아난 단추를 끄르던 그의 손가락과
달큼한 입술까지

유적지 밑엔 또 다른 유적지가 있고

당신이 베고 자는 유적지엔

패잔병들이 사살되던 한낮이
강바닥처럼 드러난다고 해

차 례

시인의 말

6

제1부 울다 사라지는 역

도토리는 자라 창밖 나무

버스 기사가 실종되고
우린 막대기로 땅을 쑤시며 지렁이를 꺼낸다
잠든 승객은 버려두고
층마다 어려지는 집으로 갈래?

첨벙대는 계곡을 지나
질퍽이는 언덕을 넘어
생강 과자처럼 반짝이는 집

떡갈나무를 타고
창문에 착지하면
옛날에 내가 되는 집

눅눅한 비스킷도 금세 바삭댄다
결국 내 입으로 들어갈 거면서
개구쟁이처럼 웃는 너도
전복된 버스를 몰겠지

더 어려지기 전에
옥상 밖으로 투신하는 별

승객들은 어느 별에서
히치하이킹을 하고 있을까
풀물 밴 셔츠를 덮고 잠들었을 거야
별똥을 실은 트럭 속에서

아무 데나 들어가도
너는 없고
정수리에 초록 싹이 돋아
깜찍한 그늘이네, 난

다리를 건너던 버스도
따뜻한 손깍지도
너를 올려다보던 발그레 뺨도 잊은 채
짐칸에서 잠든 너
도토리는 자라 창밖 나무가 되었대
네가 기어오르는 높다란 사다리

네 손을 놓치는 게 아니었는데
데구루루 도토리를 주워 들고
네가 운다

보송한 꼬리가 젖도록

언제 다시 만나
별똥 가득 버스를 탈까
내 예쁜 도토리야

실종된 기사가 경적을 울릴 때
히치하이킹을 하던 승객들이
버스로 뛰어오를 때
맨 뒷자리에 앉은 우리가
막 입 맞출 때

또론도돈또

구멍 난 낙하산을 잘라 판초를 만들 거래
우린 아직 탈출 중인데
두 발이 땅에 닿기도 전에
철모에 담긴 야생 감자
비에 씻긴 말간 이마
아삭하고 맛있어

주머니 가득 뭉개지는 자두
빗물을 피해 골라 디딘 계단
드디어 볕이 드는 망루

까마득 옥수수 이랑에서
아직 살아 있어
군복을 벗고 연하게
금빛 수염이 자라 달게
옥수수밭에서 태어나는 병사들
가지런하고 예쁘구나
네 치아

벌목꾼이 발견한 은빛 수통엔 술
핏물이 번져 그림자가 되기 전에

내 검지에 용기를 줄래

무른 자두에 입술이 닿을 때
손목에서 돋아나는 앙증맞은 싹
말랑하고 맛있어
네 살

아무래도 좋아

이마를 두드리는
또론도돈또

네 치마폭에 안길 수 있다면

옴팍한 볼로 야무지게 먹는
네 노랑
별보다 귀한 내가 될 수 있다면

또론도돈또

아무래도 좋아

말

말도
말을 타던 도령도
전생에 사람이었다면

얼마나 죄를 지어 원수를 업고 너를
얼마나 사랑하여 혈족을 타고 너를

만나러 왔을까

사랑을 기억하는 짐승
죄를 잊은 사람

원수였던 그가 네게 입을 맞추고
애인이었던 내가 구유에 얼굴을 박는다

말의 눈으로
원수의 입술로
사랑해,

그루터기에 꽂힌

피 묻은 도끼 한 자루

넌 누구의 목숨이었어

식탁 밑에 철로

칙칙은 싫지만 폭폭은 좋아
산더미 같은 짐칸에서
우리가 생쥐만큼 작아질 때
안녕,

터널만 계속되는 낮이 있어
낮에만 빛나는 별도 있어
차창 밖에는
눈

아픈 자리부터 녹는 병이 있대
잠깐 울었을 뿐인데
단추만 남은 눈사람처럼

길고 배고픈 협곡

그는 쥐약을 밥에 타고
쌀알 같은 축복을 받았대
이리 소복하고 예쁘다니,
이젠 배불리 죽을 수 있겠다

>
무임승차한 우리는 여전히 숨어
뽀얗고 말랑한 손을 빨아
터널 하나만 지나면 집

손톱을 주워 먹던 생쥐는
드디어 내가 됐을까

칙칙 복도를 지나
폭폭 우는 우리

울다 사라지는 역은 없니

나 대신 그 애가
매를 맞는
식탁 밑에 집

영원히 돌아가지 않을 수 있다면,

차창 밖에는
눈,

Snowball

하루는 먼지로 뭉친 눈송이
포근하고 나 같아

눈 녹은 물은 쇠 맛
비릿하고 밋밋한 쇠 맛
내가 좋아하는 네 맛

솜이불이 마르는 담장에서
아주 잠깐
네 냄새가 났어

네가 쥔 연필 끝
별똥이 닳는 만큼
달려갈까

달릴수록 느려지는 지구 별에서
네가 제일 빛나

네가 기대앉은 마루엔
은하가 쏟아지고

눈송이 같은 졸음이 소복해

옥상 왈츠 따위 없는 건지도 몰라
언 귓바퀴처럼 담장 밖에 남는 건지도 몰라

집 속엔 아무도 없고
당근 코 눈사람 뒤엔
몸을 말고 죽은 나

온전히 녹더라도 잊을 순 없어

눈 내리는 마당엔
포근포근 잠든 나랑
반짝이는 스노우볼

네 눈동자가 있어

환생

생전에 먹은 음식으로 태어난다면

땅굴 속 생쥐는 내가 되고
연분홍 수국은 네가 되고
시린 코
따뜻한 발

돼지는 복숭아씨도 깨물어 먹는대
작고 캄캄한 방
씨앗으로 태어나길 잘했지
나는 언제 네가 될 수 있어?

파도가 칠 때
말미잘은 힘껏
포자를 날려 보낸다
금세 손발이 될 거란다

갑판 아래 반짝 금니
물 밖에서는 별이라고 부른대
인어가 모으던 별

인간이 되게 해 주세요

재를 넘던 여우는
순한 사내로 태어나
무두장이가 되었지
여전히 부드럽네, 네 등

다음엔
네가 날 먹어

아무 기억도 없는 물고기
내가 떠내려간 그 강가에서.

연하고 맛있는 애

어느 포도원에선 산 채로 포도를 말린대
눈송이를 만지다 죽은 너를 축하

햇빛 물 바람 말고
제일 맛있는 건, 네 즙
주근깨가 앙증맞은 개복숭아
벌레 먹은 자리도 어쩜,
연갈색 시럽 속에서
달콤하게 절여진 손발을 하고선 굿 나잇!

생전 그대로의 그가
상큼한 키스를
얼마나 멀리 날아왔어 레몬
네게 먹히고 싶은 만큼,
그가 열매였을 때
두 팔 대신
내게 줄 목숨밖에 없었을 때

무른 칼밖에는 없던 옛날
꽃대 하나 베지 못한 옛날

>
한때 우린
손도 발도 없는
심장

무른 칼에도 목이 베이는
순한 열매였대

수국

종이를 바른 문에
침을 발라 구멍을 내면
문 뒤에 네가 키스

마님은 수국 가지를 꺾는다
보라에서 분홍
분홍에서 핏방울

장화에 고인 물
기울여 놓지 않아
네가 또 매를 맞는다

초를 먹인 마루에 귀를 대면
누군가 우는 소리
서늘한 뺨에 닿던 빗방울

천해서 우린
산등성이를 달리고
파밭을 뭉개고
한 움큼 풀을 뽑아

강물에 던진다

수국이 지기 전에
연분홍 팔꿈치가 푸르게 얼기 전에
같이 죽을까
좋아

보라에서 분홍
분홍에서 핏방울

종이를 바른 문에
구멍을 내면
나 없는 네가 키스

숲속 푸줏간

헤진 밧줄에 물어
납작 돌무덤에 물어
도착한 손님

그는 몇 번이고 다시 태어나는데

수국은 푸르고 붉게

간 하나만 먹으면
네가 될 수 있는데

꺾꽂이한 가지에서
눈이 돋고
손톱이 돋고

그녀가 후,
숨을 불어 넣는다

다시 태어나서 기뻐

\>

까맣게 여문 씨앗 한 줌

새털구름을 지나
산들바람을 지나
돌아올 손님

수국은 푸르고 붉게

숲속 푸줏간 2

산 것은 빼고
죽은 것은 다

방금 멈춘 심장
막 오그라든 폐
그날의 보조개

나는 몇 번이고 다시 태어나는데

저울 위엔
서늘한 손목

선반에 기대 쉬던 그녀가
발소리를 알아듣고
덧없이 웃는다

포렴이 흔들

마침
수국은 푸르고 붉게

봄나물

까마귀를 따라
마을 전체가 내려다보이는데
까무러진 콩 같은 네가 지나간다

쪽배처럼 젖다
돌배처럼 곪다
두더지야 거긴 물렀어
굼벵이야 거긴 썩었어
다 주어도 아깝지 않은 네가 운다

무른 칼을 들고 놀러 오렴
바구니 가득 푸르고 실한
나를 줄게

포슬포슬 김이 나는 밭에
바슬바슬 부서지는 이랑에

네가 헹구는 싱싱한 두 손에

나는 있어

Walkie-Talkie

푸르고 노란 혈관들이 따뜻해지고
은빛 나사들이 게을러질 때
거긴 어때

두근대는 신호들이 머리맡에서 깜빡
어떤 속삭임은 헐겁고
어떤 고백은 불량해

별은 한 줌 나사였는지도 몰라
내가 발등에 쏟은 반짝

매끈한 총구를 지나
한 줌 별이 날아갈 때

무전기에서 흘러나오는 돌격, 함성 소리

말은 한때 초침이었다고 해
아무리 느리게 말해도
분침이 되지 못해
종종대던 발목

>
잡아먹은 뻐꾸기를 토해 내곤
괴로워하던 그는
어느 병동 장교였어?

초침 대신 팔다리가 뒤엉킨 벙커
우리의 인질은
잘린 팔에 달린 시계인지도 몰라
밤마다 뻐꾸기를 토하는
그의 심장 밖

웅덩이에 처박힌 무전기

야트막한 민들레 언덕을 지나
솜털 보송 생쥐 굴을 지나
첨탑에 걸린 모가지를 지나

네 목소릴 듣고 싶어

거기도
봄이니

\>

발치부터 싹이 돋는

봄이니

제2부 떨리는 입술로 미

무릎에 무릎을 맞대고 Kiss

높은 천장이 좋아
해파리처럼 떠오를 땐

내가 보이니?
종려나무 뒤에 숨은
낡은 빗자루 같은
내가 보여

무릎에 무릎을 맞대고 Kiss
이제 그만 울어
물먹은 책장 속에서
클로버가 되살아나
네 손가락 사이에서 파릇

그날로 돌아간다면
우린 여전히 잠들어 있을 거야
댐에서 쏟아진 물이
천장에 닿을 때까지

아주 오래전에 묻은 군인들도

경쾌하게 경례
떠오르거나
가라앉거나
명랑한 파도를 타고서

은빛 총알들이 쏟아지는 테라스
물 밖도 그럴 거야
폭격이거나
별빛이거나

묽은 잉크를 찍어
점점 옅어지는 답장을 써
나야, 프랭ㅋ
아무 데나 집을 짓는
따개비에 고마워
갈빗대엔 눈 내리는 마을
늑골엔 꽃게

마지막 페이지는 배를 접어 띄우자
첨벙대며 물을 건널 때

발가락 사이로 밀려오던 물살
결국 지상으로 떠올랐을까
물풀에 감긴 우리들은,

읽다 만 편지는 어떻게 돼
잠옷 바람으로 해변을 달려
선창을 두드릴까
나야, 프랭ㅋ
우리의 숨이 녹아든
마지막 기포가
터지기 전에
Kiss

다음엔 은빛 총알 같은
물고기로 태어나자

네가 유실된 여기에서

꼭,

Spring

접어 올린 소매 끝이 풀릴 때
네 뺨은 차고 부드러워

팔랑 이파리가 좋아
가볍게 쥔 돌멩이도

풀빛 스커트는 이끼보다 명랑해
물빛 발목도 버섯보다 말랑해
뺨을 스치는 머리칼도 아마

숲을 걷다 보면 나오는 다리
바람이 높은 날엔
발그레 웃다 놓치기도 한데, 연분홍 귓불

나 없이 웃지 말 것
피식, 낙서도 그날의 강물 속에

사각사각 연필이 닳는 오후
스프링 노트 가득 네가 있고
물기가 마르는 복도가 있고

비스듬 턱을 괸 내가

더는 걷지 않아 좋아
더는 번지지 않아 좋아

온 숲을 헤치며 우는 너

울었는지 웃었는지 아득해져선
강 아래를 굽어보면

물 밑엔 내가

아른대는 뺨으로

사랑해

심심벚꽃유원지
—종현

망한 유원지에 가고 싶어
나른 고양이 말곤
절름 비둘기 말곤
네 목소리가 들리는 곳

소금에 절인 과육은 한없이 투명해진다
혀에 올려놓으면
차고 밍밍해
비 온 뒤 너처럼

차양은 비스듬
한 번은 무겁고
한 번은 쏟았어

쉬다 자다 익사할까
평화롭게 망한 여기

깊게 허리를 숙이는 아이스크림 박스
희고 따뜻한 우유 한 컵
얼마나 빨리 더러워질까

빨대를 힘껏 빨 때

풍선 한 다발을 들고 사과해
사과 한 다발을 들고 풍선해

망한 매점에서
풍선은 얼마나 높이 떠올라
너를 벗어나지 못할 만큼

별을 지나 유원지
동전 반짝 분수에서

노래할게

뻐끔 잉어 말곤
말랑 생쥐 말곤
심심벛꽃유원지

I'll wait here.

지구별램프

개네들 무덤은 환하고 노랗고 따뜻하대

달도 별도 아닌 지구
인 줄 알았던 행성

한 걸음 뒤엔 달이 뜨는 사막
두 걸음 뒤엔 별이 지는 천막
주춤 뒷걸음으로 애도할 수 있지
말라 죽은 너네

아무도 가지 못한 사막이 있을까
발이 녹아도
제발 녹아도
더는 가지 못할 사막

호수처럼 둥글고 찰랑대는데 물은 없대
두 팔은 가지런한데 너는 없대
뼈를 빨아 만든 사막
작고 작은 조개껍데기 사막

>

그 앨 찾아 들어왔어

달 아래
달인 줄 알았던 행성 아래

처음 담은 주머니처럼 따뜻해서
눈을 감고 자는 듯이 인사

달도 별도 아닌 램프
사탕도 키스도 아닌 낮잠

같은 폐허라서 좋아
손만 남은 너라도,

좋아

달밧

달밧은 둥근 접시에
밥이랑 푸성귀랑 콩수프를 담아
손으로 덜어 먹는 요리
달을 비워 내듯
싹싹 훑어 먹는 요리

달에서 먹는 밥도 그럴 거야
네가 가려질까
한 톨 남김없이

들개 같은 사내들이
고기 한 점 없는 푸성귀를 나눠 먹고
달 아래 웅크려 잠든다
한 점 콩처럼

약지로 턴 술
허공에 흩는 쌀
누가 먹어
머리맡 생쥐
신발 속 벌레

나인지도 몰라

달에서 먹는 밥처럼
너를 잊을까
한 톨 한 톨
아껴 먹던

이윽고 달빗을 먹던 사내들이 하산한다

설익은 밥알처럼
천하고 사랑스러운 나를
버린 채

잊지 않을게
장대 끝에 매달린 숱한 귀신들처럼,

냉면

그 애는 자기가 녹말 지느러미인 줄 알까
사발에서 헤엄치던 면발처럼
소화되지 않길 기도할까

면발이었다가
위액이었다가
살점이 되는 비극을
육수에 풀어진 머리 다발처럼 아무렇지도 않게

간절히 바랐는지도 몰라
작은 웅덩이에서
손도 발도 없이 헤엄치던 네가
나를 파먹길,

그렇게 태어났는지도 몰라
죽은 줄 알았던 살점이 자라
꿈틀 면발이 되었는지도
억울한 빨판이 생기고
눈 없는 머리가 생기고
네 속은 참 아늑하구나

>

조난당한 그 애가 언 뺨으로

통증 없이 태어났음 좋겠어

순식간에 녹는 눈송이가 부러워

따뜻하고 무른 십이지장 빌라

설익은 살점에 숨어

아무도 아닌 척,

목구멍을 흘러가는 미지근한 냉면 발처럼

다시

네가 될 수 있을까

불발탄

조금 떠내려갔는지도 몰라
축축한 달빛
발치엔 벌레

빗물이 스밀 때마다 네게 떠내려가
연기가 피어오르는 데
울다 웃다 네가 멈춘 데
따뜻하니

나물을 캐는 널 봤어
연한 잎 몇 장이면 충분해
내 허기
바구니에 담긴 시고 떫은 열매가
내 심장이면 좋겠다

속삭임은 어디로 가
그루터기에 앉아 있다
개미굴에서 새근
아픈 숨처럼 흩어질 거야

>
한 뼘만 더
가까이 와

이제 그만 내 악몽을 끝내게
이제 그만 네 불행을 끝내게

Boom

그게 아니라도 상관없어

떨리는 입술로 미

내게 입 맞추던 너를 기억해
입김을 불 때
깊게 패던 볼도

네 모든 말은 노래

도를 닮은 목젖
레에서 멈춘 쇄골
파파파 간지러워 배꼽

반짝 총알들이 사라지면
나도 악기가 될까

입술을 가리고 웃기
귀를 막고 외치기
두 눈을 감고
보고 싶어

너도 어디선가

＞

껍질을 벗겨 낸 피리

연둣빛 몸통에 손을 얹고

떨리는 입술로 미

한뼘사과마차

달리는 마차에서 뭘 할 수 있어

눈물글썽별무리를 겨냥하거나
까무룩 잠결에도
자꾸만 닳아 없어지는 발굽 소리를 듣거나
늑대인지 개인지
베어 먹기 좋은 달을 쫓아
우린 언제쯤 전복될까

심장의 열기로 익히는 요리가 있대
막 식기 전의 심장으로 끓인 수프
늑대인지 개인지
찹찹 피 웅덩일 핥는다
땅으로 스며드는 끈적수프

힘껏 던진 도끼처럼
멀어지는 걸 사랑해
멀어지는 편지 멀어지는 레일 멀어지는 탈주

내리막엔 마지막 단추를

오르막엔 방금 빤 입술을
모퉁이엔 까마귀가 숨긴 단추
아주 간지러운 구멍

한쪽 뺨이 상한 사과 속을
전속력으로 달려도
우린 달콤하게 썩을 뿐

아무도 찾지 못한
눈동자였음 해
아득히 밤만 보며 달리는

고삐를 쥔 채
미친 듯이 내달리는 달그닥 해골
네 목숨이었으면 해

딱콩,

주머니 가득 사탕을 넣고 달리다
계단 끄트머리에서 날려 볼까
네 반짝 이마로

낮엔 구석구석 먼지를 쓸고
밤엔 구석구석 시를 쓰고
좀 비켜 줄래요
발밑 쓰레기 같은
가난 씨

난 먼지 말곤
쓰레기 말곤
아무것도 보지 않아요
그러니까 맘껏 보세요
볼일

뛰어내렸는데 옥상
날마다 도주하는 상큼발랄뒤통수
잡히면 확 깨물어 먹는다
바라던 바야, 데굴

\>
알사탕처럼 달리다 보면

너도 계단 끝에서
문득,

여전하니, 빨갛게 부어오르던 이마
망토처럼 달려와 설탕 묻은 뺨에 키스

시시한 사탕의 법칙처럼
물고 빨고 깨물다
우린 언제 다 녹아

단내 나는 입술로
나란 캔디

구석구석 기다릴게
상큼과즙키스를
주머니 가득 넣고

혀를 대면 사라지던 계단

처음 네가 뒤돌아보던 그때

딱콩,

제3부 난 너의 맹수였는데

ㅅ

세상 모든 고양이는
내게 오지 못한 동생

제 발을 빨다
물가로 쓸려 가는
말랑

물 밖으로 던져진 말미잘처럼
빌 손도 없이

버섯구름 피어오르던 날
새빨갛게 타던 수조
손을 맞잡으면
손마저 달아났지
타다 만 네 냄새
그래서 검정고양이
타다 만 그대로도 예쁘구나

깡통에서 튀겨지던 팝콘처럼
폭격이 시작된 날

무너진 지붕 밑에
더는 쏟을 것도 없는 타일에서
네 얼룩이 흘러가

흰 붕대 밑에
두근
아마도 그 애일걸
온전한 건 심장밖에 없더라는

나의 흰 고양

쌀빛
콩빛
점박이 옥수숫빛

어제 삼킨 그 애는 무슨 빛이야
푸르고 잠잠,
해변에 밀려온
어린 난민처럼
푸르고 잠잠,

>
부서진 소라 껍질만큼만 있다 갈게

소용돌이치는 층계를 내려가면
따뜻한 심장

죽은 것만 떠밀려 오는 해변에서
너를 만나러 가

봉지에 담긴 작은 것
부눙부눙 작은 것

뺨을 부비며
그 애

봉지가 빌 때까지만
있다 갈게

세상 모든 고양이는
내게 오지 못한 너

타임머신 따위

곰이 구르는 공을 떠올려 봐
앙증맞은 고깔을 쓰고
무대 위에서

정확히 1분 전으로 돌아갈 수 있어?
1분 전 공
1분 전 무대
구르는 지구에서

함장을 죽이고
시체를 우주에 뿌린 건 실수인지도 몰라
기계실에 숨은 우리가 번식할 줄은 꿈에도 몰랐겠지
미묘하게 달라진 공 위에서

1분 전에 곰은 함장이었거나
태엽을 감던 미치광이 과학자

썩지 않는 그 애가 우주를 떠돌 때

발아래 지구는 우리가 나눠 빨던 사탕 같아

>
1분 뒤에 나는
작은 부엌에서 우주 미아 같은 그릇들을 포개고
마지막에 곰을 죽인 건 정말 잘한 일,
제멋대로 튀어 나간 눈동자는
어디로 떨어졌을까

발아래 공을 떠올려 봐
힘차게 구를 때마다
함장이었다,
나였다,
연한 파랑

어째서 나는 이 모든 게 떠오른 걸까
아직은 나뿐인 이곳에서

유기

잔멸치 같은 별이 총총
은빛은 떨어지고
그럭저럭 맛있는 별

귀에 사는 벌레 씨는 날 만나
밤처럼 까만 알들을 총총
비를 피할 만큼
그럭저럭 아늑한 별

새로 배운 맛은
먹구름 맛 흙탕물 맛 내 피 맛

얼마나 작게 울어야 꿈속이야
작고 작은 벌레
내가 잡아먹은 벌레

네가 지워지는 여기에
얼굴을 묻고
할퀸 거 미안
깨문 것도

살짝 찔러 본 복숭아처럼
달콤해서 그랬어

연하게 물든 과즙처럼 안녕

지키지 못해 미안
버리지 못해 어흥

난 너의 맹수였는데,

피터 래빗

너도 가끔은 반짝이는 돌멩이
막 감은 눈처럼
따뜻해

고양이가 갖고 놀던 생쥐처럼
달아나 줄래
당근 한 다발을 들고,
달짝지근한 땀 냄새
내 핏방울도 그래?

당근은 아삭

발끝으로 밀어내면
조금씩 길어지던 방
주홍빛 등을 켜 들고
환호성을 질렀을 거야
아늑해! 당근

흙 묻은 무릎을 털어 주지 못해 미안
자라나는 속도보다

아삭대는 속도가 빠른걸
당연해! 당근

꽃잎만 골라 먹던 양은 폐까지 향기로웠대
흩어진 구름이 양털만큼 부풀 때
토끼 모양으로 깎은 사과

네가 나를 먹어 주면
좋겠어

타일 같은 이를 빛내며
아삭

고양이 메이드

방울방울 떨어지는 수도꼭지를 좋아해
혀끝에 닿는 눈물방울을
어제도 눈을 가리고 울었니

천천히 끌려가도 자국이 남는 연필처럼
검고 고운 발이
창틀에 문틈에 책꽂이에

물을 마실 때도
셔츠를 입을 때도 눈을 감아
더 달고 더 슬프게

의자에 던져 놓은 옷처럼
아무 방에서나 울지 마
벽장 속엔
숨지 못한 마음이 쿵쿵

달이 떠오르는 망루에서
잿빛 털가죽을 벗고
인간인 척

네가 사랑한 나인 척

고양이 꼬리를 타고
송송 빗자루를 타고
잠시 놀러 온 영혼이 있대

부드러운 털 속에 손을 넣고
네가 나를 잊는 동안만

잿빛 살랑 메이드가 있대

낙엽빛깔야옹

한 뼘 카펫이 될 거야
낙엽 빛깔 야옹이니까

여긴 따뜻하고 간지러워
귀를 기울이면
너 없는 발소리

흙을 모아 덮던 손등처럼 소복한 햇빛
곧 따뜻해질 거야
오래 핥다 보면
낙엽 아래 마른 가죽

별똥을 모아 눈동자를 빚으면
눈꺼풀 속엔 웅크리고 잠든 너

이듬해엔
뒤통수마다 노란 싹이 난 고양이들이
냥냥 발치에 모여드는

한 번도 버려진 적 없는 옛날 옛적

>

내가 올려다보는
나무

나비야, 이리 온

귤

네가 있는 별을 생각해
노랑 고양이들로
가득한 별

알알이 들어찬 시고 단 귤처럼
노랑 노랑 놀다가
나를 까먹는 별

손바닥 하나에 폭 안기던 노랑
너를 생각해

Post

나는 결국 죽었구나

그 애가 시궁창에 박힌 시체를 바라본다

근데 하나도 슬프지 않아

헤드라이트를 켠
담장 고양이를 향해 Taxi!

씨앗 하나에 얼마나 많은 영혼이 매달려 있어
형형색색 피우고 남을 만큼,

보고 싶어

머리맡에 예쁜 쥐를 물어다 놓던
그 애가
연분홍 혀를 할짝

뚝방을 굽어보던 그가 비로소

첫눈이네

멸종

마지막 행성도 금박 단추처럼 떨어질까

풀을 한 움큼 총알을 한 움큼
그런 밥을 먹었어

순한 어금니 같은 너도, 빨리 뽑혔음 좋겠다
이국의 공예가가 만든 뿔도장처럼
절름절름 발 도장을 찍었음 좋겠다

폭소보다 즐거운 폭동
우린 전염처럼 번져 가

따뜻한 피 웅덩이에 발을 담그고서
네가 숲도 없는 부랑처럼 울 때

이토록 반가운 몸살
너만 빼고 신나는 멸종

빌어먹을 것도 없이 너만
살아남아

>
가장 무섭고 쓸쓸한
폐허가 돼야 해

부탁이야, 인간

고양고양해

돌돌 말린 목장갑인 줄 알았는데
뺨을 타고 내리막
담장에 떨어진 그대로라 좋아

귓속을 파고드는
눈송이라 좋아

다음 계절이 없어서
나는 옅은 색 스웨터
잃어버린 장갑들의 나라는 나부터 봄,
함부로 벗겨지는 온도일걸
말끔히 사라지는 행방일걸

손 없는 장갑은 어때
나 없는 가죽은 어때
헐렁해서 입기 좋은 여긴

사각사각 귀 끝이 얼 때
나는 잎부터 어는 고아 같애

\>
아주 잠깐 야옹

잔디가 자라 숲이 되는 동안만
야옹 할게

눈송이가 자라 구름이 되는 동안만
야옹 할게

아주 잠깐

야옹

A minor Cello

다람쥐는 첼로 케이스를 든 채
테라스에

장전된 총을 숨기기엔
한없이 가벼운 왈츠

짓궂게 리본을 당기면
쏟아지던 머리칼
내가 사랑하던 넘실

살아오겠다고 맹세했지

숲에 번지던 피 냄새
어깨를 괴던 자갈도
발목을 감던 덤불도
깃털처럼
후–

나 대신 전해 줄래
입김을 모아 안녕

양손 가득
탄피를 줄게

먼 숲에서 들리던 총성
다람쥐는 첼로 케이스를 든 채
나무 위에

왈츠가 끝나고
드디어
탕!

네 머리 위로

날 닮은
도토리가

톡,

Cat's City
—M

수문이 열리는 방향은
비명이 장전된 지점에서 시작돼

자장가처럼 아득히 들려오는 공습경보
잠든 아이의 무른 뒤꿈치를 시궁쥐가 깨물어 먹는 밤

그가 하얀 이를 드러내고 다정하게 웃는다
선지자들은
드디어 지상의 신민이 되었을까
까맣게 그을린 쥐 고기를 발라 먹으며
슬픔이 상속되지 않은 세대들은 명랑하다

한쪽 눈에 총알이 박힌 애인을 데리고
그가 하수도를 달려간다
한없이 느려지는 속도로
우리는 수도를 향해 달려가고
관청이 무너지고 도면이 든 서랍장이 폭발한다

젖은 휴지처럼 창백한 그가
맨홀로 추락한 암컷을 비눗방울처럼 애무하는 동안

끊임없이 고아들이 태어나고
지상의 주소들이 한꺼번에 소멸된다

하반신이 물에 잠긴 따뜻한 암컷이 그에게 키스한다
그의 지하 왕국,
눈먼 애인이 수줍게 웃어 주는 지하 낙원

그가 별똥처럼 달려간다

어디선가 수문 열리는 소리

Cat's city 2
—G

온 데를 다 핥는 폐수였지만 따뜻해서 좋았어
절반만 삼켜진 기분이라 좋아

쉬어 빠진 두부처럼 무기력한 마을이 있다면
눈물이 차오르는 지하처럼

우리의 키스가 널 상하게 하면 어쩌지
옴팍 보조개가 피는 너

상하지 않고는 못 배기는 두부의 속성처럼
우리의 사랑도 속성으로,

네 등 까마득 절벽이 좋아

사랑을 놓치고 마는
상온이라 좋아

눈여우 오스카

눈여우 오스카는 해변에 살아
첫서리가 내리기 전
모든 게 소멸하는 해변
오스카는 동강 난 코코넛처럼 웅크리고
발목부터 가라앉는 그를 바라본다

백까지 셀 수 있다면
우리 소풍 가자
눈이 얼어 빙하가 되었다는 거기

빙하에 갇힌 그는
언 심장이 흘러 야트막한 마을에 닿기를
허리를 숙이고 강물을 마시는
네 입술에 닿기를

한 모금 물에
한 잎 푸성귀에
한 숨 공기에

물 내 나던 치맛단이 멀어진다

마을 반대 방향
어쩌면 그가 죽은 곳

오스카가 연분홍 코를 벌름댄다

먼저 부를 수 있다면
먼저 태어나

눈처럼 녹은 나 대신

오스카가 푸르게 언 뺨을 핥는다
백을 셀 때까지만
기다릴게

희게 바스러진 손목이 있고
눈여우 오스카가 있어

첫서리가 내리기 전
모든 게 소멸하는 곳

\>

부탁할게

오스카

제4부 은하도서관

은하도서관

눈처럼 재가 날리는 숲
밑동이 검은 나무들이 바람에 쿵 쓰러진다
이렇게 소멸하는구나
읽다 만, 우린

눈송이처럼 달려 볼까
바스러지는 덤불을 넘어
말라붙은 웅덩이를 건너
숲 가장자리 버려진 오두막

찬장 속 부연 병 속엔
여전히 달콤한 복숭아
스푼을 핥다 말고 네가 웃는다
주인은 어디 가고 좀 벌레 같은 우리만 남았어
네가 사라진 서고에서도
누군가 잉크병을 돌리다 말고
정말 아무도 없나요?
푸른 잉크가 번지는 천장 아래
나 혼자인가요

>
먼 데서 불빛이 깜빡인다
금세 추적해 올 거야
발자국을 쫓아
이렇게 쉽구나
너와 내가 폐기되는 건

스툴을 태우고 액자를 태우고
발그레 뺨마저 태우면
우리도 사라질까
서로의 목덜미에 얼굴을 묻고
은하에서 보자

사라진 책들이 별처럼 떠 있는 곳
아무 책이나 파고들다
별똥처럼 굴러
다시 불탄 숲에 도착한다면

꼭 안아 줄래
동시에 태어나 동시에 소멸하는
우리니까, 그런 엔딩이니까

>
숲 가장자리 오두막
찬장 속엔 여전히 달콤한 복숭아
서성대던 그가 은빛 스푼을 주워 든다

불탄 숲엔 막 생긴 발자국

이윽고 그가 돌아선다

베개

동백 숲에서 너를 봤어
등에 박힌 칼을 어쩌지도 못한 채
백 년 전이랑 같구나, 그 칼

이불 홑청만큼 얇아지기
덮고 자도 될 만큼
베고 자도 좋을 만큼

누군가 팔베개를 해 주는 꿈
붉은 피는 스며 어디로 가

백 년 후 어느 꿈속에
손바늘로 기운 베개 속에
내 옅은 입김 속에

분분

내 무덤 속엔 진흙으로 빚은 병사들뿐이야
버들처럼 웃던 무희들도 바스러져
자욱한 안개
달을 향해 짖던 개도 삭아
소복한 바닥

먹지도 먹히지도 않는다면
다시 태어나겠습니다
발등에 쌓이는 눈을 내려다보며 네가 웃는다
목에는 헐거워진 밧줄
영원히 산다는 건
영원히 태어날 수 없다는 것
누각에 쌓인 눈이 후두둑 떨어진다

무른 감빛도 저물어 가는 하늘빛도
여기선 흙빛
사라진 빛들은 어디로 가
실뿌리를 타고 연노랑 민들레
이파리를 달려 눈부신 햇빛
나는 다시 태어날 수 없구나

불로장생을 꿈꾼 죄
숱한 목숨을 바친 죄

순한 입술이 꽃술로 피어나고
꼼지락 손가락이 넝쿨넝쿨 그늘로 탄생할 때
내 영혼은 땅 밑에
네가 울다 웃다 다시 태어나는 시린 땅 밑에
영원을 꿈꾸십니까
폐하 없이 태어날 저를 꿈꾸십니까
삭은 밧줄이 부서져 내린다

펄펄 눈송이 사이 네가 있고
죽어서도 너를 갖고 싶은 내가
처마 아래
그날로 돌아간다면
웅웅 우는 대숲이어도
널 따라 흐르는 강물이어도 좋으리

옷깃이 젖는 줄도 모르고 풀숲을 걷던 소년이
문득 이편을 돌아본다

발그레 물든 뺨
목에는 헐거워진 밧줄

여전히 저를 꿈꾸십니까

누각에 쌓인 눈이 후두둑
떨어진다

방공호

높은 데서 보면
타이어가 박힌 모래밭도
너랑 나랑 타던 시소도
작은 어항처럼 보이겠다
바위 뒤에 숨은 금붕어
꼬리가 보일 듯 말 듯

사람들은 방공호 바닥에 웅크리고 앉아
마당에 묶어 놓은 개나
말리다 만 고추 걱정
그 애는 온데간데없이 잊은 채

천진해서 죽일 수 없는 것들이 있지
죽은 어미의 곁을 지키는 새끼 늑대나
포탄이 떨어져도 공기놀이를 하는 그 애

놓친 공깃돌이 굴러간 데
수통을 든 그가 웃는다

어째서 시소는 한쪽만 기울까

내 영혼이 가벼워서 그래
마시지도 못할 물을 든 채
그가 운다
불탄 숲처럼 목이 말라

격추된 비행기가 방공호로 떨어진다

무구한 그 애가 분꽃이 지는 화단에 앉아
하늘을 올려다본다

다시 공습

눈송이

가장 먼저 어는 혈관이 궁금해
가장 먼저 어는 창문도
문밖엔 그 애가 노크를 하다 말고
유리 막에 갇힌 세포처럼

빙하에 갇힌 비행기는 동공부터 언대
조종석엔 갈색 유니폼의 기장들
그래서 따뜻한 브라운 아이즈
마지막 신호가 점멸할 때
마지막 숨이 눈송이처럼 얼어붙는다

어류인지 육류인지 몰라 우는 아이처럼
해변인지 사막인지 몰라 우는 어른처럼
튀기거나 찌거나
맛없는 우리처럼
울지 마
희고 깨끗한 대지가 오염되니까

따뜻한 나라에서 온 소포들도 있어
유골처럼 찰랑대는 청포도 시럽

별처럼 쏟아지는 커리
약병에서 나던 엄마 냄새
열 수 없어 행운인 것도 있어
그러니까 병문안은 미루기로 해
너와 내가 언 손을 맞잡을 때
투명하게 녹는 얼음처럼
아직 덜 녹은 뺨에 키스
더는 녹지 않을 푸른 멍에 키스

아주 잠깐
따뜻해질 수 있다면
서로의 얼굴에 무른 토마토를 던지는 축제처럼
아주 잠깐
모른 척 할 수 있다면

폭설처럼 졸음이 쏟아지는 혈관 속
마지막 눈송이가 되어도 좋을 텐데

오르골

어떤 별에선
생전에 받은 온기로
다음 생의 심장을 빚는대

미지근 봄비만큼의 온기는
작고 작은 심장
엄마가 물어다 준
밥알을 입에 묻힌 채 생쥐
막 죽어 예쁘구나

창에 서린 하아, 입김으론
심장인지 아닌지
살구 속을 파먹다
몽글몽글 잠든 그 애
새콤달콤 맛있다, 너

희고 고운 가루가 눈처럼 내리는 숲
서로의 뺨에 키스하다
무섭고 따뜻해
짚 더미에 남겨진 예쁜 손깍지

내 사랑을 흠뻑 받던 너는
누구의 심장이 되었어?

세탁기

스푼을 타고 흘러간 팥알 같은 할머니
거긴 어때요

폭설이다, 질퍽이다
담벼락은 하얘지고
발등은 아직 잠겨 있단다

네게선 아직도 샤프란 향기가
눈 말고 비 말고 한 줌의 눈물 말고 뭐가?
네가 거꾸로 처박혀 있던 꽃밭처럼 온화한 구름
하지만 입국 거부될 거야
우린 골고루 나빠졌으니까

무사해서 다행이야 말할 때
조금 거뭇해진 네가 웃는다
기름 얼룩처럼 번진 내 다크도 짙어졌을까

무중력상태의 허파처럼
동시에 말라비틀어지는 행운을,
옥상에서 내려다보는 마을이

우리의 폐허라면 좋겠다

떠밀리듯 걷는 너는 알까

소멸하기 위해 태어나는 별들의 노고를

공평히 찌들어 가는 자정의 침수를

네 곁을 맴도는 나라는 얼룩을

약지와 새끼 사이 따뜻한 모래 알갱이

해변 도로를 걸었지
옆구리에 돗자리를 낀 채
반짝이는 은박

비치볼은 높이 떠올랐다
닿을 수 없는 곳으로 툭,

죽기 전에 가 볼래
우리의 트라이앵글
떠내려가는 슬리퍼는 놔둔 채

타일이 벗겨지는 발코니도
망한 모래성도
무너지기 전엔 우리 거야

키스밖에 못 할 거면서
겨우 별빛뿐이면서

어째서 난 혼자 남겨진 걸까
방파제 끝

녹슨 폐차 속에서

무릎을 굽히지 않아도
누울 수 있게
작아져선

약지와 새끼 사이
따뜻한 모래 알갱이

반짝 은박을 낀 채 갈게

파도에 쓸려 잠잠히 사라지는
너와 나의 트라이앵글

제5부 영혼 시장

영혼 시장

1

죽은 너를 업고 걷는 길
어느새 북쪽 끝에 있는 상점에 도착했다

상점 주인은 너를 냉동 서랍에 넣고 지하로 안내했다

오늘 하루 이 아이의 인형이 되어 주세요

거긴 끝없는 모래밭
인간의 눈과 인간의 심장을 가진 거대 토끼가
지독하게 심심한 표정으로
밥그릇 같은 해골을 굴리고 있었다

이리 온,

귀를 쫑긋대며 달려온 토끼는
인형을 헝클이고
아무 구멍에나 손톱을 찔러 넣었다

\>

노크를 세 번 하면 열어 드리겠습니다

토끼들의 놀이는 물고 빨고 깨무는 것
온통 축축해진 인형이 문득 물었어

난 진이야, 넌?
나도, 진이야
그래, 진, 저것 좀 봐, 동글납작 똥에 싹이 피었어
문지를수록 번지는 애기똥풀처럼 노을이 지네
이만 가야 해
안 돼 넌 내 인형이야

나 대신 노크를 세 번 해 줄래? 그럼, 다시 놀러 올게
그땐 저기 있는 인형들처럼 날 죽여도 좋아

풀물 든 손가락으로
한 번, 두 번, 세 번
문이 빼꼼 열릴 때까지
우린 부둥켜안은 채로

>
꼭 다시 와야 해. 진

강철 문이 닫힐 때까지 진이는 연분홍 눈알로 울었어

아가씨, 명심하세요
결코 영혼을 팔아선 안 된다는 걸
거래가 끝나면 이 문을 찾아오세요
네 귀퉁이가 빛나는 붉은 문으로

2

노파 셋이 바구니에 든 눈알을 꿰고 있어

아가야, 여긴 통행료를 내야 한단다
반짝이는 거면 뭐든 좋다
그래서 치마폭에 피 묻은 숟가락이 있는 거군요

영혼 상점들은 수증기처럼 달아나는 영혼들을 유리병에
담아 팔았어
천장까지 진열된 유리병들은
하얗게 빛을 내다 검게 꺼져 들곤 했지

방금 죽은 아기랍니다 아직 식지도 않았죠
좀 더 어린 것을 찾으시나요?
오래 묵은 것들은
더 깊숙한 곳에 있어요
조심하세요, 거긴 거지들로 우글대니까

바닥엔 비렁뱅이들

맨살에 달라붙어 살점을 뜯어먹는 더러운 거지들

맘씨 좋은 아가씨,
두목님이 기다리고 있답니다

그는 벽과 한 몸이 된 채
들어가는 순간이었는지
나오는 순간이었는지 몰라

나를 위로해 줘

벽 저편에선 아직 굳지 않은 심장이 쿵쿵
벽이 되어 가는 그를 위해
나는 홍시처럼 무른 혀를 주었어

그가 벽 속에서 몸서리칠 때마다
없던 눈알이 돋고, 없던 발톱이 돋고, 없던 귓볼이 돋
는 거야
조금 물렁해진 두목이 기쁨에 겨워 허덕였어

\>

이 여자를 보내 줘. 그가 있는 곳으로

횟가루를 날리며 비명을 내지르는
두목의 명령대로
난, 영혼 시장 밑바닥에 던져졌지

3

살가죽만 남은 노파가
선반에 놓인 영혼들을 정리하고 있어
가만히 흔들어 보면 점점이 빛을 내곤 해
네 마지막 숨처럼

돌아가, 아가씨
할머니, 전 잃을 게 없어서 왔어요
아직 있잖아. 네 영혼
그가 없다면, 소용없어요
그 빛나는 얼음 같은 걸 믿나?
전, 그날의 빙하 속에 갇혀 버렸으니까요

노파가 선반 높은 곳에서
선홍빛으로 물든 병을 집어 들었어
뚜껑을 열자 사랑스러운 네가 글썽
그리고 등 뒤엔 썩다 만 그녀가
이편을 향해 싱긋

>
둘 다 구할 순 없나요?
저 여자 때문에 그가 죽었어
부탁이에요. 할머니, 제 영혼까지 내놓을게요

그와 그녀의 영혼이
네 귀퉁이가 빛나는 문을 향해 떠나고
나는,
유리병 속에 갇혔다

4

남자의 몸을 냉동 서랍에서 꺼내며
주인이 입김처럼 어리는 여자의 영혼을 향해 퉁명스레
외쳤다

수증기처럼 증발하기 전에
아무 몸이라도 찾아 들어가
그녀가 영혼을 팔아 구했으니까!

서성대던 여자의 영혼이
잠잠한 물속으로 헤엄쳐 들어갔다
낯선 영혼이 뛰어들자 아이가 경련을 일으켰다
의사가 뛰어 들어오고
백치 같던 어미가 와락 울었다

푸르고 잠잠한 물속에서
여자는 점차 기억을 잃었다
무심히 흘려보낸 흰 손수건처럼
영혼까지 빼앗고 싶던 한 남자를 무참히 잊었다

5

벽난로 앞에서 뜨개질을 하던 노모가
미친 사람처럼 뛰어나와 남자를 끌어안았다
난롯가에 앉아 동상 걸린 발을 녹이는 동안
노모가 유리병을 열고, 선홍빛 잼을 빵에 발랐다
오랫동안 굶은 남자의 첫 끼였다

6

풀물 든 손가락으로
한 번, 두 번, 세 번

무심히 문이 열렸다
오늘은 장난감이 없구나

진이를 만날 거야

진이는 없단다

있어, 영혼 시장에

설마, 거길 갈 거니?

인간의 영혼을 가진 토끼가 영혼 시장으로 들어섰다

7

한쪽 눈도 한쪽 귀도 없는 토끼가
영혼 시장 귀퉁이에 서 있다

날 위로해 다오

난 아무도 위로할 수 없어
그 애 빼곤

두목이 토끼의 심장을 움켜잡았다
붉은 과육을 뭉개며 그가 명령했다

이 토끼를 보내 줘 그녀가 있는 곳으로

두목의 명령대로 토끼는 영혼 시장 밑바닥에 던져졌다

8

살가죽만 남은 노파가 토끼를 안아 든다
속을 파먹힌 구름처럼 가볍게

가여운 것, 다 파먹혔구나

진이를 주세요

뚜껑을 열자
토끼가 뜯어 버린 셔츠 그대로
사랑스러운 진이가 글썽

여긴 왜 왔어, 바보야

네가 안 오니까

벌레 먹은 클로버처럼 사랑스러운 그 애를 와락,

돌아가, 진이

그가 있는 곳으로

나 대신 그럴 순 없어

난 토끼가 아니니까, 괜찮아
그러니까, 가

병에 갇힌 아이의 영혼을
낮은 선반에 내려놓으며
노파가 먼 곳에서 빛나는 문을 가리켰다

어서 가렴. 아가,
못다 한 사랑을 찾아
그가 영혼 시장의 문턱을 넘기 전에
어서,

9

북쪽 끝에 있는 상점에 두 사람이 들어선다

동상에 걸렸던 남자와
아주 옛날, 어린 짐승을 맡겼던 여자

명심하세요
절대 영혼을 팔아선 안 된다는 걸

'되기'의 시학

박다솜(문학평론가)

인간은 인간 아닌 다른 존재가 결코 될 수 없다는 것. 바로 이것이 최근의 비인간 담론이 맞닥뜨린 궁극적인 불가능성의 지점 아닐까. 근대 이후 가속화되어 온 인간중심주의는 오늘날의 지질학적 시기를 인류세(Anthropocene)로 명명하게 하는 데까지 이르렀다. 인간이 자행하는 환경오염이 지구 생태계에 직접적 영향을 미친다는 의미의 '인류세' 개념은 굳이 학문적으로 접근하지 않더라도 일상 속에서 여실히 체감할 수 있다. 지구온난화로 인해 갈수록 더워지는 여름과, 여름이 더워질수록 에어컨을 더 많이 가동하는 우리자신의 모습은 이미 인류세를 예증하는 사례다.

이대로라면 인간을 제외한 모든 것이 멸종되고 "빌어먹을 것도 없이" 오직 인간만이 "살아남아" "가장 무섭고 쓸

쓸한/ 폐허가" 된 스스로를 마주해야 할 것이다. 그때 우리
는 "따뜻한 피 웅덩이에 발을 담그고서" "숲도 없는 부랑처
럼 울"겠지.

> 따뜻한 피 웅덩이에 발을 담그고서
> 네가 숲도 없는 부랑처럼 울 때
>
> 이토록 반가운 몰살
> 너만 빼고 신나는 멸종
>
> 빌어먹을 것도 없이 너만
> 살아남아
>
> 가장 무섭고 쓸쓸한
> 폐허가 돼야 해
>
> 부탁이야, 인간
>
> ―「멸종」 부분

이기적인 인간 존재에 대한 반성으로 근래의 문학장 안에
서는 '비인간'이나 '포스트 휴먼'에 관한 논의가 활발하다.[1]

---

1. 계간지 『문학동네』 2022년 봄호의 특집 주제는 '비인간'이었다.

그러나 인간성을 뉘우치는 어떤 담론이든 간에 인간에 의해서, 인간의 언어로 행해진다는 점은 분명 그 모든 논의의 한계점이다. 인간중심주의를 자성하기 위해서는 비인간 주체의 입장에 처해 봐야 하겠지만, 역지사지易地思之는 같은 종인 인간들끼리도 수행하기 어려운 것이며 더군다나 인간으로서 비인간의 입장을 이해한다는 것은 존재론적으로도 이미 불가능한 일이다.[2] 인간은 절대로 인간 아닌 다른 존재가 될 수 없다. 말하자면 우리는 인류세라는 명명이 필요할 정도로 이기적인 스스로가 수치스럽고, 그래서 이 끔찍한 인간중심주의를 반성해 보고자 한다. 하지만 우리는 인간 아닌 다른 무엇일 수 없기에 인간 됨을 뉘우치는 서사는 기어이 인간에 관한 인간의 이야기이고 말 것이다.

특히나 언어 체계 안에서는 한층 더 요원한 일인데, 언어가 이미 인간중심적 사고의 산물이기 때문이다. 언어마다 제각각이긴 하지만 모든 언어 기표에는 규칙이 있고, 무엇보다 언어로 구성되는 서사에는 '인과관계'가 있다. 오늘날 일종의 진리처럼 기능하는 원인-결과의 논리적 구도는 기실 근대의 과학주의와 함께 객관성의 영역을 점령하게 되었을 뿐이다. 인과관계란 인간이 세상을 이해하는 하나의 방식에 불과한 것일 뿐, 만고불변의 진리가 아니다. 인과관

---

2. 앞선 특집에 수록된 글 「개와 나무와 양말과 시—2020년대 시에 나타난 '타자'와 비인간 물질의 정치생태학」에서 인아영은 비인간 존재를 다루는 기존 논의들의 공통된 인식적 기반을 추출해 낸다. "바로 비인간을 사유하는 인간이 쉽게 인간중심주의에서 벗어날 수 없다는 인식이다."(95쪽)

계를 요하는 언어 체계를 가지고 인간성을 지탄한다거나 인간의 외부를 탐색하는 일은 그래서 조금쯤 기만적인 일이기도 하다. 사고의 틀(인과의 논리)이 이미 지극히 인간의 것이기 때문이다.

그러나 '시'는 그렇지 않다고, 시는 아마도 언어로써 인간성을 재고할 수 있는 유일한 예술 장르일 것이라고 임현정은 주장하는 것 같다. 시적 형식의 비규정성은 산문처럼 꽉 짜인 인과관계를 요구하지 않는다. 논리적 필연성을 갖춘 상황 설정 없이도 시는 잘만 흘러가고, 그러므로 오직 시라는 형식을 통해서만 인간은 인간 아닌 다른 무엇이 될 수 있다. 인간의 발명품인 언어 안에서 드디어 인간 외부를 사유할 수 있게 되는 것이다. 임현정이 시를 가지고 하는 일 역시 이것이다. 이 글은 시인의 세 번째 시집『무릎에 무릎을 맞대고 Kiss』가 어떤 작법을 통해 인과관계로부터 놓여나는지, 그리하여 어떻게 비인간이 되는지 톺아보고자 한다.

장시「영혼 시장」을 제외하면 이번 시집에 실린 대부분의 시가 비슷한 형태를 하고 있다. 20자가 채 안 되는 글자들로 구성된 짧은 행, 그런 짧은 행 3~6개가 모여 만들어진 하나의 연. 이렇게 짧은 호흡의 행과 연 구성으로 시는 의미의 구축을 아슬아슬하게 피해 간다. 논리적 타당성이 요청될 정도의 길이가 되기 전에 시인은 행갈이와 연갈이를 하고, 의미는 언제 구축될 뻔했냐는 듯 여지없이 딴청을 피운다. 임현정의 시 안에서 의미는 손에 잡힐 듯 잡히지 않을 듯하다. 시집의 맨 처음에 놓여 이번 시집 전체의 작법을 예고

하는 시 「도토리는 자라 창밖 나무」를 보자.

　　　버스 기사가 실종되고

　　　우린 막대기로 땅을 쑤시며 지렁이를 꺼낸다

　　　잠든 승객은 버려두고

　　　층마다 어려지는 집으로 갈래?

　　　첨병대는 계곡을 지나

　　　질퍽이는 언덕을 넘어

　　　생강 과자처럼 반짝이는 집

　　　떡갈나무를 타고

　　　창문에 착지하면

　　　옛날에 내가 되는 집

　　　눅눅한 비스킷도 금세 바삭댄다

　　　결국 내 입으로 들어갈 거면서

　　　개구쟁이처럼 웃는 너도

　　　전복된 버스를 몰겠지

　　　더 어려지기 전에

　　　옥상 밖으로 투신하는 별

　　　승객들은 어느 별에서

히치하이킹을 하고 있을까

풀물 밴 셔츠를 덮고 잠들었을 거야

별똥을 실은 트럭 속에서

　　　　　　—「도토리는 자라 창밖 나무」 부분

　각각의 행 안에서 의미의 해석은 그다지 어렵지 않다. 인
용된 부분의 모든 행을 개별적으로 읽는다면 의미가 불명확
하다고 느껴지는 행은 "층마다 어려지는 집으로 갈래?"와
"옥상 밖으로 투신하는 별" 정도일 것이다. 그리고 이 시구
들의 의미를 정확하게 파악하기 힘든 것은 이어지는 행들이
앞선 행의 의미를 전혀 부연하지 않기 때문이다. 뒤에 오는
행은 앞선 행이 구축한 의미와 매끄럽게 이어지지 않을뿐더
러 오히려 앞선 행의 의미로부터 조금씩 멀어진다. 각각의
행은 논리적으로 완결된 의미를 갖추고 있지만, 다음 행과
연결되는 순간 도리어 의미가 모호해지는 것이다.

　각각의 연도 마찬가지다. "층마다 어려지는 집으로 갈
래?" 물으며 끝난 1연은 2연("생강 과자처럼 반짝이는 집")과 3연
("옛날에 내가 되는 집")의 첨언에 의해 명징한 의미를 얻는 듯하
다가도 4연, 5연이 덧붙을수록 점점 무중霧中에 빠진다. 그
야말로 읽으면 읽을수록 아리송해지는 시가 되어 버리고 마
는 것이다. 말하자면 임현정의 시에서 의미의 연쇄를 헐겁
게 만드는 것은 행갈이와 연갈이다. 의미가 선명해지고 서
사가 구축되는 것을 막기 위해 시인은 자꾸만 행을 구분하
고 연을 나눈다. 행이 갈릴 때마다 연이 달라질 때마다 시

의 의미는 차차 아득해지는 것이다.

이런 작법으로 임현정의 시는 인과의 논리에서 해방된
다. 한 행이 더해질수록 한 연이 늘어날수록 의미의 연결
은 느슨해지고 시는 마음껏 자유로워진다. 임현정의 시적
주체는 비非논리적인 시의 우주를 건설해 두고 그곳에서 유
영하며 본격적으로 다른 무엇이 되고자 하는 것이다. 그런
데 이 탈바꿈은 '주체'가 '타자'가 되는 단순한 구도의 변신
담이 아니다. 시인은 '나'와 '너'라는 호칭을 적극적으로 재
사유함으로써 주체와 타자를 구분하고 구획하는 독특한 감
각을 보여 준다.

⑴
네가 있는 별을 생각해
노랑 고양이들로
가득한 별

—「굴」부분

⑵
햇빛 물 바람 말고
제일 맛있는 건, 네 즙
주근깨가 앙증맞은 개복숭아

—「연하고 맛있는 애」부분

(3)

무른 자두에 입술이 닿을 때

손목에서 돋아나는 앙증맞은 싹

말랑하고 맛있어

네 살

—「또론도돈또」 부분

　인용된 시 (1), (2), (3)을 통해 확인할 수 있는 것처럼 시
집 안에서 '너'로 지칭되는 대상들은 인간 주체에만 한정되
지 않는다. '너'는 "노랑 고양이"일 수도 있고 "개복숭아"일
수도, "자두"일 수도 있다. 그러니까 시의 화자가 "무릎에
무릎을 맞대고 Kiss"할 때 키스의 상대는 사람일 수도 있지
만 동물일 수도, 식물일 수도, 혹은 무생물일 수도 있다.
임현정의 시에 준비된 타자의 자리는 이처럼 인간과 비인간
을 아우르는 것이다.[3]

　보다 중요한 것은 타자의 자리뿐 아니라 주체의 자리 역
시 열려 있다는 점이다. 일반적으로 우리가 한 권의 시집
을 읽을 때는 고정된 화자를 상정하기 마련이다. 시집 전체
에 걸쳐 상존하는 특정한 정체성의 존재는 시집에 담긴 모
든 시편들이 그의 발화라고 간주하게 만들기도 한다. 그런

---

3. 특히 3부 '난 너의 맹수였는데'에서는 '고양이'를 소재로 한 시가 다
　수 등장해 타자의 자리에 주로 고양이가 배치된다. "세상 모든 고양
　이는/ 내게 오지 못한 동생// …(중략)…// 세상 모든 고양이는/ 내게
　오지 못한 너"(「시」).

데 임현정의 시집에서 '나'의 자리는 그 경계가 극히 모호하다. "손톱을 주워 먹던 생쥐는/ 드디어 내가 됐을까"(「식탁 밑에 철로」) 묻던 엉뚱한 화자는 어느새 봄나물이 되어 "무른 칼을 들고 놀러 오렴/ 바구니 가득 푸르고 실한/ 나를 줄게// 포슬포슬 김이 나는 밥에/ 바슬바슬 부서지는 이랑에// 네가 헹구는 싱싱한 두 손에// 나는 있어"(「봄나물」) 라고 말한다. '나'는 "손톱을 주워 먹던 생쥐"가 변신한 결과물일 수도 있고, "푸르고 실한" 봄나물일 수도 있다.[4] 심지어 '나'는 '너'일 수도 있다.

온 숲을 헤치며 우는 너

울었는지 웃었는지 아득해져선
강 아래를 굽어보면

물 밑엔 내가

아른대는 뺨으로

---

4. 시집 안에서 이런 변신 모티프를 함축하는 소재는 '수국'이다. 「환생」, 「수국」, 「숲속 푸줏간」("그는 몇 번이고 다시 태어나는데// 수국은 푸르고 붉게"), 「숲속 푸줏간 2」("나는 몇 번이고 다시 태어나는데// …(중략)…// 마침/ 수국은 푸르고 붉게") 총 네 편의 시에 걸쳐 반복적으로 등장하며 꽤나 중요하게 다뤄지는 소재인 수국은 토양의 성분에 따라 다른 색의 꽃을 피우는 독특한 특성을 가졌다. 산성 토양에서는 푸른색의 꽃이 피고, 알칼리 토양에서는 붉은색의 꽃이 핀다.

사랑해

　　　　　　　　　　　　—「Spring」부분

　"온 숲을 헤치며" 울던 '너'가 "강 아래를 굽어보"았을 때 수면에 비친 얼굴이 '나'("물 밑엔 내가")라면, '너'는 결국 '나'일 테다. 나르시스 신화를 떠올리게 하는 위 시편은 '주체'와 '타자'가 동일 인물이 되는 순간을 표지하면서 시집 전체에 걸쳐 반복적으로 등장하는 '나'와 '너'라는 명칭의 의미를 재정립한다. 은연중에 단일한 정체성의 시적 화자를 기대하며 시집을 읽었던 독자라면, 임현정의 시에서는 주체의 자기 지칭적 표현인 '나'가 비인간일 가능성뿐만 아니라 '너'일 가능성까지 염두에 두어야 함을 깨닫게 된다. 『무릎에 무릎을 맞대고 Kiss』의 시적 주체는 인간이 될 수도 있고 비인간이 될 수도 있다. 그리고 '주체'는 '타자'가 될 수도 있다.

　이렇게 주체와 타자 각각의 자리를 무한히 열어 두고 또 그 경계를 무너뜨리는 방식으로 임현정의 시는 인간과 비인간의 범주를 넘나든다. 이런 태도를 최근의 철학적 사상인 신유물론(New materialism)의 시적 수행으로 간주할 수 있지 않을까? 신유물론은 유물론의 전제가 되는 물질성을 재규정하려는 시도라고 범박하게 정의할 수 있는데, "신유물론자는 물질과 정신, 신체와 영혼, 자연과 문화의 흐름을 횡단하는 개념들을 발명함으로써 …(중략)… 전통들 안에 내재

한 역설을 열어젖히며, 왕성한 이론 구성을 개방한다."[5] 인간과 비인간, 주체와 타자를 넘나들며 전개되는 임현정의 시편들 역시 어떤 역설을 열어젖히고, 새로운 가능성들을 제시한다는 점에서 신유물론의 문학적 실천으로 이해해 볼 수 있는 것이다.

마지막으로 넘나듦의 작동 기제를 살펴보자. 임현정의 시를 통해 우리는 아주 잠깐, 찰나의 순간 인간이 아닌 혹은 주체가 아닌 다른 존재가 되어 볼 수 있는데, 이런 변모는 '먹는 행위'를 통해서 가능해진다.

생전에 먹은 음식으로 태어난다면

땅굴 속 생쥐는 내가 되고
연분홍 수국은 네가 되고
시린 코
따뜻한 발

돼지는 복숭아씨도 깨물어 먹는대
작고 캄캄한 방
씨앗으로 태어나길 잘했지
나는 언제 네가 될 수 있어?

5. 릭 돌피언·이리스 반 데어 튠, 『신유물론: 인터뷰와 지도 제작』, 박준영 옮김, 교유당, 2021, 123쪽.

···(중략)···

다음엔

네가 날 먹어

—「환생」부분

위 시에서 '환생'은 "생전에 먹은 음식으로 태어"나는 방
식으로 진행된다. 돼지가 복숭아씨를 깨물어 먹고 "씨앗으
로 태어나"고 아마도 '나'를 먹은 "땅굴 속 생쥐는 내가 되
고" 마찬가지로 '너'를 먹은 "연분홍 수국은 네가"된다. 나는
네가 되길 희망하기도 하고("나는 언제 네가 될 수 있어?") "다음
엔/ 네가 날 먹어"라는 말로 네가 내가 되어 보길 바라기도
한다. 먹는 행위를 통해 다른 존재가 될 수 있다는 시의 테
마는 임현정의 시에서 먹는 행위의 행위자(agent)인 '입'과,
먹는 행위가 주는 쾌락인 미각, 그리고 먹는 행위의 수행자
인 입이 할 수 있는 다른 일 '키스'가 덩달아 중요해지게끔
만든다. "무릎에 무릎을 맞대고 Kiss"라는 제목을 단 이 시
집이 버스 뒷좌석에서의 입맞춤으로 시작[6]해 "아삭"("비에 씻
긴 말간 이마/ 아삭하고 맛있어", 「또론도돈또」)하고 "비릿"("눈 녹은 물
은 쇠 맛/ 비릿하고 밋밋한 쇠 맛/ 내가 좋아하는 네 맛", 「Snowball」)하
고 "밍밍"("소금에 절인 과육은 한없이 투명해진다/ 혀에 올려놓으면/

6. "실종된 기사가 경적을 울릴 때/ 히치하이킹을 하던 승객들이/ 버스
   로 뛰어오를 때/ 맨 뒷자리에 앉은 우리가/ 막 입 맞출 때"(「도토리는
   자라 창밖 나무」).

차고 밍밍해/ 비 온 뒤 너처럼", 「심심벚꽃유원지」)하고 "새콤달콤"
("살구 속을 파먹다/ 몽글몽글 잠든 그 애/ 새콤달콤 맛있다, 너, 「오르골」)
한 것들을 부지런히 먹고 끊임없이 키스[7]하는 것은 아마 이
런 이유에서일 것이다.

7. "여전하니, 빨갛게 부어오르던 이마/ 망토처럼 달려와 설탕 묻은 빰
에 키스// 시시한 사탕의 법칙처럼/ 물고 빨고 깨물다/ 우린 언제 다
녹아// 단내 나는 입술로/ 나란 캔디// 구석구석 기다릴게/ 상큼과
즙키스를/ 주머니 가득 넣고"(「딱콩」), "내게 입 맞추던 너를 기억해/
입김을 불 때/ 깊게 패던 볼도"(「떨리는 입술로 미」), "너와 내가 언 손을
맞잡을 때/ 투명하게 녹는 얼음처럼/ 아직 덜 녹은 빰에 키스/ 더는
녹지 않을 푸른 멍에 키스"(「눈송이」).